KB058636

TSUBASA NO OKURIMONO by Ito Ogawa

Copyright ⓒ Ito Ogawa 2013
Illustration ⓒ GURIPOPO
All rights reserved.

First published in Japan in 2013 by POPLAR Publishing Co., Ltd.
Korean translation rights arranged with POPLAR Publishing Co., Ltd.
through Eric Yang Agency, Inc.

날개가 전해 준 것

つばさのおくりもの

오가와 이토 지음
권영주 옮김

RHK
알에이치코리아

일러두기
1. 모든 각주는 옮긴이 주입니다.
2. 내용 특성상 일본어 표현을 일부 살렸습니다.

☆

이건 내 반평생을 엮은 이야기다.

나는 왕관앵무다.

작기는 해도 어엿한 왕관을 머리에 썼다.

내게 새로서 살아가는 법을 가르쳐 준 것은 야에 씨였다.

야에 씨는 회색앵무 할머니인데 나이가 아주 많았다.

야에 씨는 전쟁 전에 태어났다고 했다.

하지만 전쟁 전이 뭔지 나는 모른다.

죄 모르는 것투성이인데도

야에 씨는 늘 나를 다정하게 대해 주었다.

어느 날 야에 씨는 내게 물었다.

내가 야에 씨 옆 새장으로 이사 와서 처음 만났을 때였다.

"아가야, 어디서 왔니?"

나는 순간 어라? 싶어 고개를 갸웃했다.

그런 식으로 상대방이 하는 말을 막힘없이

이해할 수 있었던 것은 처음이기 때문이다.

그때까지는 내가 아무리 말을 걸어도

상대방은 어리둥절해하는 게 대부분이었다.

"그건………."

나는 머뭇머뭇 말해 봤다.

"기억이 안 나?"

야에 씨가 나를 가만히 쳐다봤다.

"어두운 곳에 있었어요.

어둡고 좁은 곳."

하지만 그전에 있었던 일을 떠올리려고 하면

몸이 쪽 오그라드는 것 같았다.

배 언저리가 부쩍부쩍 차가워졌다.

"인간한테 어지간히 무서운 일을 당했나 보구나.

여기는 슬픔을 겪은 새들이 모이는 곳이니까.

인간한테 상처를 입은 거야."

야에 씨는 한숨을 쉬었다.

"인간이 뭐예요?"

"자기들이 제일 똑똑한 줄 알고

두 발로 걷고 날지도 못하는 녀석들이란다."

날개가 전해 준 것

"날지도 못하는 녀석들······?"

"그래, 날지도 못하거든.

날개를 잃었으니까."

"날개?"

처음 듣는 말이었다.

"그래, 날개.

오른쪽과 왼쪽 날개 말이야.

보렴, 너한테도 있잖니?"

야에 씨는 천천히 날개를 폈다.

야에 씨의 몸이 훅 부푼 것처럼 됐다.

인사치레로 하는 말이 아니라 진짜로 아주 멋있었다.

"그럼 인간은 하늘을 못 날아요?"

나는 어렴풋이 내가 인간이 아니라

새라는 동물이라는 것을 눈치채기 시작했다.

"그럼 당연하지."

야에 씨는 빠른 말투로 말했다.

"날개가 없으면 하늘을 날지 못해.

새는 하늘을 날라고 날개란 걸 받았어.

인간은 욕심쟁이라 뭐든 다 탐낸단 말이지.

녀석들이 하늘에까지 발자국을 남겼다간 큰일이니까.

하지만 인간이라고 다 나쁜 짓을 하는 건 아냐.

알겠니, 아가야, 잘 들으렴."

야에 씨는 내 눈을 똑바로 보며 말했다.

눈빛이 진지했다.

날개가 전해 준 것

그러고는 이렇게 말했다.

"당연한 이야기지만

착한 인간이 있으면 나쁜 인간도 있단다.

친절한 마음을 가진 사람이 있으면

차가운 마음을 가진 사람도 있어.

어느 세계든 마찬가지야."

야에 씨는 목이 마른지 물을 조금 마셨다.

그러고는 다시 이어서 이렇게 말했다.

"그럼 내 이야기를 해 줄게.

긴 이야기이기는 하지만 들어 주겠니?"

나는 내 눈과 귀를 의심했다.

정말 믿기지 않았다.

말이 통한다는 게 이렇게 행복한 일일 줄 몰랐다.

똑같이 날개를 가진 새라도

바깥 세계에서 사는 새의 말은

사투리가 너무 억세서 잘 알아들을 수 없었다.

그에 비해 야에 씨의 말은 아주 쉽게 이해됐다.

나는 야에 씨의 긴긴 이야기를 귀 기울여 들었다.

"이 나라가 아직 평화로웠을 때 이야기란다."

야에 씨는 가슴을 펴고 말했다.

어디 먼 곳을 보는 듯했다.

"난 어느 동물원에 있었어.

내 입으로 말하기는 뭐하지만 스타였어.

어쨌거나 지금보다 훨씬 젊고 예쁜 데다가

인간의 말을 능숙하게 할 수 있었으니까.

애 어른 할 것 없이 날 만나러 떼로 몰려오곤 했지.

그때는 날 모델로 수건이랑 부채도 만들고

하여간 참 화려한 세계에 있었어.

신문에서도 큰 사진을 곁들여서 소개해 주고 말이야.

그런데 점점 그게 동물원에 그림자를 뻗친 거야."

"그거라뇨?"

"전쟁 말이야, 전쟁.

그래서 어느 날 동물들을 한 마리도 남기지 말고

날개가 전해 준 것

죽이란 명령이 내려왔어.

동물원 사람들은 다들 그렇게 되지 않게

최선을 다해 부탁해 줬어.

하지만 들은 척도 안 하지 뭐야.

그래서 어느 날 밤 다들 뿔뿔이 헤어져 도망치게 됐단다.

사육사가 목숨 걸고 우리를 지켜 주려고 했어.

난 목숨만 간신히 건져서

사육사네 친척 집으로 몸을 피했어.

하지만 그때 같이 동물원에서 도망친 원숭이랑 공작이

살아남았는지 아닌지는 알 수 없구나.

다들 자기 한 몸 건사하는 것만으로도 벅찼으니까.

밥만은 많이 먹을 수 있었어.

맛이 취향에 맞진 않았지만

그런 걸로 까탈을 부렸다간 천벌 받을걸.

가끔 벌레를 산 채로 그냥 주는 바람에

역겹고 싫었지만 눈 질끈 감고 먹었단다.”

야에 씨는 마치 지금 입속에 그때의 벌레가 있는 것처럼

떨떠름한 표정을 지었다.

나는 얼른 그다음 이야기를 듣고 싶어서 조바심이 났다.

“2년쯤 지났을 때려나, 마침내 그게 끝난 건.

그 뒤로는 이 집 저 집 전전했어.

뭐, 쉽게 말하면 여기저기 팔려 다닌 거지.

특별히 맞춘 옷을 입고 백화점 옥상에서

재주를 보여 준 적도 있었어.

날개가 전해 준 것

하지만 작은 동물이 보여 주는 재주는

시대에 뒤떨어진 게 돼서 금세 쫓겨났지 뭐야.

요새 말하는 스트레스 때문이겠지만,

자기 부리로 털에 상처를 입히고 그랬으니까

주인도 손님도 징그러워해서.

그땐 정말 뭘 해도 잘 안 돼서 짜증이 났었어.

난 상대방을 기쁘게 해 주려고 하는 건데

그 때문에 점점 더 미움을 받는 거야.

완전히 다람쥐 쳇바퀴 도는 꼴이지.

슬프더라.

그러다가 보건소로 끌려갔는데

죽기 직전에 여기 사람이 구해 준 거야."

"그럼 그때부터 계속 여기에 있었어요?"

묻고 싶은 말이 그 밖에도 산더미처럼 많았는데도

뭣부터 질문해야 할지 알 수 없었다.

"그런 셈이지.

전쟁이 끝났을 때 난 열한 살이었다고 기억해.

그러니까 이젠 나이를 아주 많이 먹었단다.

하늘을 난 지도 오래됐고.

이젠 나는 법도 잊어 버렸구나."

야에 씨가 그렇게 곱씹듯 말했을 때였다.

위쪽에서 희미하게 낯선 소리가 들렸다.

그러자 야에 씨가 숨을 거칠게 몰아쉬면서

괴로운 듯 몸부림치기 시작했다.

날개가 전해 준 것

"야에 씨, 왜 그래요?

괜찮으세요?

정신 차리세요!"

나는 놀라 옆 새장에 있는 야에 씨를 큰 소리로 불렀다.

하지만 그 때문에 야에 씨는 더욱 놀란 모양이었다.

"아가야, 걱정하지 않아도 돼.

그러니까 그렇게 큰 소리로 말하지 말아 주겠니?

괜찮아.

그냥 발작이니까.

머리로는 전쟁이 끝났다는 걸 잘 아는데,

큰 소리가 들리면 그만 몸이 멋대로 이렇게 되는구나."

"큰 소리요?"

"그래. 전쟁 중에 무서운 소리를 워낙 많이 들었으니까.

B29 폭격기랑 사이렌이랑,

가끔 그 비슷한 소리를 들으면 지금도 기겁한단다.

하지만 말이지."

야에 씨는 거기까지 단숨에 말한 뒤

크게 한 번 심호흡을 했다.

아직 몸이 바들바들 떨리고 있었다.

"아가야, 오늘은 이제 늦었으니까 그만 자렴."

야에 씨는 조용히 속삭였다.

"나도 너무 말을 많이 했나 보다.

이런 할머니의 옛날이야기를 들어 주다니 참 착하구나.

고마워."

　　　　　　　　날개가 전해 준 것

돌아보니 야에 씨의 눈꺼풀이 벌써 감기려 하고 있었다.

아무리 귀를 기울여 봐도 그 소리는 이제 들리지 않았다.

✿

야에 씨는 밤이 되어 주위에 사람이 없어지면

종종 옛날이야기를 해 주었다.

새들끼리 이야기를 한다는 것은

인간에게는 비밀인 듯했다.

인간은 자신들만 말할 수 있다고 믿는다.

야에 씨는 내가 모르는 것을 많이 가르쳐 주었다.

나는 매일 얼른 밤이 오길 기다렸다.

야에 씨와 이야기하다 보면

왜 그런지 무척 정겨운 느낌이 들었다.

따스하고 폭신하고 보드라운 어떤 게 생각날 것 같았다.

하지만 그건 언제나 흐릿한 구름 덩어리 같고

진짜 모습은 보이지 않았다.

내가 그것에 한 발짝 다가가려고 하면

저쪽도 한 발짝 멀어지기 때문이다.

영원한 술래잡기를 하는 기분이었다.

　　　　　　　　날개가 전해 준 것

☆

며칠 뒤 아름다운 해 질 녘이었다.

"저런, 그건 무슨 노래지?"

"노래요?"

"그래. 방금 네가 불렀잖니."

그렇지만 나는 노래라는 게 뭔지 모르는데.

"기분 좋은 노래더라.

제발 더 들려주겠니?"

야에 씨는 애원하는 눈빛으로 말했다.

하지만 막상 노래하려고 하니 노래가 나오지 않았다.

요새 기분이 좋아지면 어느새 흥얼거리곤 했다.

그렇지만 그게 노래인 줄은 몰랐다.

상쾌한 바람이 불었을 때, 배가 부를 때

나는 그 노래를 부르고 싶어졌다.

그 노래는 내가 알 속에 있었을 때

늘 듣던 목소리인 듯했다.

☆

누가 살짝 깨물고 빨아먹은 듯한 형태의

달이 몹시 아름다운 밤.

나는 야에 씨에게 그 이야기를 했다.

늘 야에 씨가 옛날이야기를 해 주는지라

날개가 전해 준 것

내가 이야기하는 일은 흔치 않았다.

나는 조금 긴장했다.

"저기요, 야에 씨, 제 이야기를 들어 주실래요?"

나는 야에 씨가 놀라지 않게

이번에는 되도록 조용한 목소리로 말했다.

"뭔데, 아가야?"

야에 씨가 다정한 목소리로 대답해 주었다.

"그 노래에 관한 건데요."

야에 씨는 눈을 감은 채 내 이야기를 듣는 것 같았다.

달빛이 야에 씨의 몸뚱이를 은빛으로 폭 쌌다.

"그래."

야에 씨가 조용히 중얼거렸다.

"아마 그 노래를 알 속에서 들은 것 같아요."

그런 말을 하면 야에 씨가 놀릴 수도 있다고 생각했는데,

야에 씨는 놀리기는커녕 기쁜 듯 방긋 미소 지었다.

나는 마음이 놓여 이야기를 계속했다.

"늘 들려왔었어요.

난 너무너무 졸려 죽겠는데

그 노래가 들리면 이상하게 마음이 편해졌어요.

따스한 뭔가에 싸인 것 같고

알 밖으로 나가는 게 아주 기다려졌어요."

그러자 야에 씨는 눈을 뜨고 나를 봤다.

"넌 행복한 아이구나.

아쉽게도 나한테 자장가를 불러 준 사람은 없었거든."

날개가 전해 준 것

야에 씨가 작은 목소리로 그렇게 말했을 때

천창 너머에서 한층 기분 좋은 바람이 불어왔다.

산들바람이 즐겁게 깡충깡충 뛰며

나와 야에 씨 사이를 지나갔다.

창 너머에 별이 빛나고 있었다.

밤의 어둠에 흩어진 작은 점들을 '별'이라 부른다는 것도,

그 점들이 아주아주 오래전에,

야에 씨가 태어나기도 훨씬 전,

먼 옛날에 태어났다는 것도 야에 씨에게 배웠다.

어느새 나는 또 그 노래를 부르고 있었다.

몸이 멋대로 노래를 시작하는 것이다.

어쩌면 그건 야에 씨의 발작과 종류가 같을지도 모른다.

날개가 전해 준 것

하지만 야에 씨와는 달리

나는 점점 더 따뜻한 기분이 들었다.

노래를 다 부르고 시간이 조금 지났을 때였다.

"그 노래를 평생 잊으면 안 돼."

야에 씨가 엄숙한 목소리로 말했다.

고개를 갸웃하자 야에 씨는 눈을 크게 부릅떴다.

"평생?"

"그래, 평생.

한평생, 죽을 때까지.

내내 네 가슴속에 소중히 간직해 두렴.

그 노래는 너희 엄마가 네게 들려준 소중한 노래니까.

그 속엔 네……"

"엄마가 뭐예요?"

"다른 사람이 말할 땐 끝까지 듣는 거야.

난 사람이 아니라 새지만"

기다리지 못하고 질문했다가 야에 씨에게 야단맞았다.

"죄송해요."

나는 사과했다.

"엄마란 건 말이지, 널 이 세상에 낳아 준 존재야."

야에 씨는 또렷한 목소리로 설명했다.

그러고는 이어서 이렇게 말했다.

"세상에 살아 있는 존재 모두한테 엄마가 있단다.

저기 개미한테도 물론 엄마가 있어.

작은 모기랑 벼룩한테도,

생명이 있는 건 모두 엄마한테서 태어나거든."

"엄마요?

그럼 저한테도 엄마가 있어요?"

"당연하지, 아가야.

너한테도 당연히 엄마가 있어."

"그럼 야에 씨는 엄마를 만난 적 있어요?

얼굴 기억나요?"

"아쉽지만 한 번도 만난 적 없구나.

철들었을 땐 이미 동물원에 있었으니까.

하지만 그 대신 날 최선을 다해 보살펴 준 사람은

지금도 똑똑히 기억해.

아주 친절한 사육사였거든.

날개가 전해 준 것

창피한 말이지만 난 그 사람이 너무 좋아서

한때는 결혼하고 싶단 생각까지 했지 뭐야.

생명체는 아무리 좋아해도

넘을 수 없는 벽이 있다는 걸 그때 알았어.

난 그때까지 내가 인간이라고 믿었으니까."

나는 우리 엄마를 상상해 봤다.

우리 엄마는 어떤 엄마일까.

하지만 아무리 애써도 기억나지 않았다.

✩

"다정한 날개의 주인이 되렴."

그게 야에 씨가 내게 남긴 마지막 말이었다.

"다정한 날개요?"

나는 되물었다.

"그래, 다정한 날개.

새는 평화를 가져오는 사자니까."

"사자가 뭐예요?"

"심부름꾼이란 뜻이야.

네 날개를 행복을 위해 쓰는 거야.

그게 새에게 주어진 가장 중요한 사명이란다."

"사명요?"

"그래, 사명."

거기까지 말하고는 야에 씨는 콜록콜록 기침했다.

　　　　　　　　날개가 전해 준 것

이제는 밤바람이 한층 찼다.

"감기에 걸렸나 봐."

야에 씨는 말했다.

"춥지 않으세요?"

"그래, 괜찮아.

네가 옆에 있으니까 안심하고 잘 수 있어."

"안녕히 주무세요."

야에 씨가 졸린 것 같기에 내가 먼저 인사했다.

"너도 잘 자렴.

내일 또 다정한 날개 이야기를 하자."

야에 씨의 목소리는 밤의 저편으로

스르르 녹아 사라질 것 같았다.

그러나 내가 야에 씨와 다정한 날개에 관해

이야기할 날은 영영 찾아오지 않았다.

새벽에 문득 잠에서 깼을 때

야에 씨는 이미 쓰러진 뒤였다.

그 뒤 야에 씨가 어떻게 됐는지 나는 모른다.

나 또한 다른 곳으로 이사했다.

✩

그리고 나는 다시 하늘을 날았다.

날개를 펴고 태양을 향해 계속계속 날았다.

모험을 계속하면서 나는 다양한 인간을 만났다.

이윽고 나는 다시 어느 집에서 살게 됐다.

모험에 지쳐 있었던 터라 내 새장이 있고

매일 밥이 꼬박꼬박 나오는 게 고마웠다.

나는 이번에는 그 집 가족의 일원이 됐다.

그 애가 집에 온 것은 추운 날 오후 늦게였다.

자세히 보니 하늘에서 하얀 깃털 같은 게

팔랑팔랑 춤추듯 떨어지고 있었다.

날개가 전해 준 것

어머니는 동글동글한 덩어리를 가슴에 꼭 끌어안고

아버지와 함께 내게 다가왔다.

그러고는 덩어리를 내게 보여 주며 조용히 속삭였다.

자세히 보니 덩어리는 보일 듯 말 듯 움직이고 있었다.

"자, 보렴, 새 가족이야"

어머니가 내게 말했다.

덩어리는 눈이 아름답게 날리는 날에 태어났다고

미유키(아름다운 눈이라는 뜻)라는 이름을 얻었다.

☆

미유키는 쑥쑥 컸다.

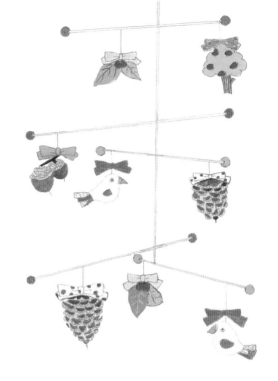

어머니가 내게 미유키를 보여 주러 올 때마다

전보다 더 부풀어 있었다.

나는 미유키를 만나는 게 너무너무 기다려졌다.

얼른 미유키의 포동포동한 볼에

부리를 대 보고 싶어서 근질거렸다.

맛을 확인하고 싶었다.

☆

미유키가 처음으로 두 발로 서서 걷게 된 기념비적인 날.

미유키는 맨 먼저 내게 왔다.

아장아장, 당장이라도 납작하게 짜부라질 것처럼

위태로운 걸음걸이로, 그래도 한 발짝 한 발짝,

미유키는 내게 다가왔다.

그러고는 뜻밖에도 내게 이렇게 말을 걸었다.

"너 해님의 나라에서 놀러 온 거야?"

나는 정말 깜짝 놀라 눈이 동그래졌다.

그도 그럴 게 미유키가 새 말을 했기 때문이다.

새가 아닌 생명체가 새 말을 할 줄 알다니

도무지 믿을 수가 없었다.

하지만 어쩌면 미유키는 내가 멋대로

인간의 아기라고 생각했을 뿐

사실은 인간이 아니라 새일지도 모른다.

퍼뜩 그런 생각이 들어 나는 머뭇머뭇 말을 걸었다.

새 말을 하는 게 오랜만이라,

말을 기억해 내는 데 한참 걸렸다.

"어, 저, 넌 혹시 얼음 나라에서 왔어?"

아주아주 추운 남극이라는 곳에

날지 못하는 새가 있다는 소문을 들은 적이 있었다.

게다가 그 새는 두 발로 걸을 수 있다고 누가 그랬다.

어, 저기, 그러니까 그 새의 이름은…… 그래, 펭귄이다!

혹시 미유키는 펭귄 아이일지도 모른다.

그러자 미유키는 나를 가리키며 까르륵까르륵 웃었다.

"뭐가 웃긴데?"

나는 조금 울컥해 미유키를 노려봤다.

"남자애가 화장했잖아."

미유키가 내 볼을 만지려 했다.

나는 허둥지둥 몸을 뺐다.

"원래 이렇게 생긴 거야."

이 볼에 관해서는 이미 만나는 새마다 놀림을 당했다.

이제는 익숙해졌다지만 역시 생김새 때문에

놀림을 받으면 마음이 슬프다.

나를 귀엽다고 칭찬해 주는 것은 일부 인간뿐이다.

"왜 그런 거야?

왜 볼이 그렇게 빨개?"

그래도 미유키는 끈덕지게 물었다.

"몰라.

날개가 전해 준 것

태어났을 때부터 그런 걸.

나도 좋아서 이렇게 된 게 아니란 말이야!"

나는 조금 될 대로 되라는 듯 말했다.

그래야 미유키에게 내 이 불쾌한 기분이 전달될 것이다.

"혹시 부끄럼쟁이야?"

내가 성이 났는데도 미유키는 또 끈덕지게 물었다.

이런 심술쟁이 아이는 이제 절대로 상대하지 않겠다고

고개를 확 돌렸을 때, 어머니가 발소리를 내며 나타났다.

"어머나, 미유키도 참.

언제 친구가 됐니?"

친구가 된 게 아닌데 어머니는 착각한 것 같았다.

어머니는 미유키를 안아 올렸다.

날개가 전해 준 것

미유키가 갑자기 얼굴을 쭈글쭈글 구기며

벌레처럼 팔다리를 움직였다.

어머니는 나와 미유키가

새 말로 이야기했다는 것을 조금도 모른다.

아쉽게도 아무리 새 말로 말을 걸어도

어머니는 알아듣지 못한다.

나는 어머니의 말을 이해하는데

어머니에게 내 말은 통하지 않는다.

그 뒤로 미유키는 틈만 나면

내 새장으로 놀러 오기 시작했다.

어느새 나와 미유키는 진짜 친구가 되어 있었다.

☆

미유키가 어린이집이라는 곳에 가게 되자

나는 다시 혼자 집 보는 일이 많아졌다.

집 보기는 진짜 지루하다.

그래서 매일 미유키가 어서 돌아오기를 기다렸다.

미유키는 어린이집에서 배운 것을 많이 가르쳐 준다.

오늘은 간식으로 도넛을 먹었어,

나무를 타고 놀았어,

선생님이 피아노를 쳐 주셨어,

친구랑 술래잡기했어.

나는 그런 이야기를 듣는 게 언제나 즐거웠다.

날개가 전해 준 것

물론 가끔 싸울 때도 있다.

미유키가 끈질기게 등을 쓰다듬으면

그만 발끈해서 손가락을 쪼아 버리고,

미유키가 인간 친구와만 놀면

나만 따돌림당하는 것 같아서 기분이 우울하다.

가끔은 진짜로 말도 하지 않고 무시할 때도 있었다.

그렇지만 늘 어느새 화해하곤 했다.

아마 싸워도 다시 친해질 수 있는 게 친구일 것이다.

미유키는 늘 기운이 넘치고

조금 지기 싫어하는 구석도 있지만

착하고 명랑한 여자애였다.

☆

그런 미유키가 딴사람처럼 달라진 것은

조그만 남자애가 태어나 가족이 늘어났을 때였다.

"제발 부탁이야, 엄마를 구해 줘."

미유키는 나를 쳐다보며 애원하듯 말했다.

"무슨 일 있었어?"

나는 미유키 곁으로 다가갔다.

"엄마 젖에 무서운 악마가 산대."

"악마?"

"응, 아주아주 무서운 악마."

그렇게 중얼거리더니 미유키는 크게 한 번 훌쩍였다.

날개가 전해 준 것

그러고는 비바람이 몰아치듯 엉엉 울었다.

"무섭지 않아."

나는 말했다.

"진짜로 안 무서워?"

미유키가 얼굴을 들었다.

눈이 새빨갰다.

"무섭지 않아.

내가 곁에 있으니까 무섭지 않아.

내가 꼭 널 구해 줄게."

나는 미유키의 눈물에 날개를 뻗었다.

하지만 어머니처럼

미유키의 눈물을 잘 닦아 줄 수 없었다.

"고마워."

미유키의 얼굴이 조금이나마 웃음을 되찾았다.

"같이 자 줄까?"

"괜찮아.

엄마도 노력하고 있으니까 미유키도 노력할래."

미유키가 일어나 바이바이 하고 손을 흔들었다.

"잘 자!"

나는 미유키의 작은 뒷모습을 향해 큰 소리로 말했다.

미유키는 돌아보지 않았다.

날개가 전해 준 것

☆

어머니는 병원이라는 곳에 간 모양이다.

얼마 지나자 아버지도 나를 찾아오게 됐다.

지금까지 어머니를 따라서 온 적은 있어도

아버지가 혼자서 내게 온 적은 거의 없었다.

아버지는 어머니나 미유키와 달리

내게 말을 걸거나 하지는 않는다.

잠자코 입술을 깨물며 나를 쳐다본다.

그런 때 나는 어쩌면 좋을지 몰라서 당황한다.

아버지가 우는 것이다.

안경 렌즈 뒤에서 아버지의 눈물이 흘러나오는 것을

날개가 전해 준 것

나는 그저 말없이 보고 있을 수밖에 없었다.

☆

집에 돌아온 어머니는 갑자기 내게 훈련을 시작했다.

어떤 말을 내가 잘할 수 있게 하기 위한 연습이었다.

"알겠니?

잘 들어야 해.

잘 다녀왔어? 하고 똑똑하게 발음하는 거야."

어머니는 입이 닳도록 내게 말했다.

하지만 솔직히 이 나이가 돼서 새 말을 익히긴 쉽지 않다.

인간에게는 간단해도

새에게는 어려운 일이 산더미처럼 많다.

그래도 나는 어떻게든 어머니의 기대에 부응하고 싶어서

날이면 날마다 연습했다.

"자, 자자자자, 다아아서."

머릿속에서는 쉽게 말할 수 있는데

막상 소리 내서 말하려면

목구멍에서 뒤죽박죽으로 엉켰다.

"그게 아냐, 잘 다녀왔어? 라니까."

어머니는 잘 말하지 못하는 내게 몇 번씩 주의를 주었다.

그래도 그렇게 간단히 말할 수 있게 되지는 않았다.

아무리 연습해도 나아지지 않는 내게

어머니는 초조하게 애원했다.

날개가 전해 준 것

"시간이 없단 말이야.

그러니까 제발 부탁해.

내가 가고 나면 네가 잘 다녀왔어? 하고

가족들한테 말해 줘.

약속이야"

그렇게 말하고 어머니는 분한 듯 눈물을 훔쳤다.

나는 혀를 깨물 뻔하면서도

잘 다녀왔어? 훈련을 반복했다.

아무도 없는 집에서 혼자 열심히 연습했다.

그래서 마침내 잘 다녀왔어? 라고 잘 말할 수 있게 됐다.

미유키가 집에 오면 잘 다녀왔어?

아버지가 밤늦게 집에 와도 잘 다녀왔어?

그러면 둘 다 갑자기 웃음을 지으며

다녀왔습니다, 하고 중얼거렸다.

가끔 실수로 밥 먹기 전에 말한 적도 있었지만

그런 때도 두 사람은 웃으며 용서해 주었다.

나는 어머니를 기쁘게 해 주고 싶었다.

어머니에게 칭찬받고 싶었다.

어머니와 한 약속을 지키고 싶었다.

하지만 어머니는 어느새 또 집에 없게 됐다.

병원이라는 곳으로 돌아갔는지도 모른다.

집 안에는 미유키와 어린 남자애와 아버지만 남았다.

날개가 전해 준 것

☆

미유키와 차츰차츰 말이 통하지 않게 됐다.

내가 아무리 미유키에게 오늘 하늘의 색에 대해

이야기해도 미유키는 나를 보지 않았다.

나는 나를 무시하는 줄 알고 슬퍼졌다.

그래서 미유키의 관심을 끌려고 머리카락을 잡아당기면

더더욱 언짢은 표정을 지었다.

되레 미유키에게 보복을 당했다.

미유키의 마음이 점점 내 곁에서 멀어졌다.

나도 미유키에게 그다지 말을 걸지 않게 됐다.

얼마 뒤 나는 또 다른 주인을 만나 이사했다.

어머니가 아는 사람인 듯했다.

이따금 새어머니가 옛날 어머니에게 데려가 주었다.

옛날 어머니에게 가면 어머니와 함께 미유키도 있었다.

하지만 우리는 이제 사이좋게 이야기하지 않았다.

어머니는 살이 빠져 몸이 작아졌다.

몇 년 뒤 다시 같이 살게 됐을 때,

예전에 조그맸던 여자애는 다 큰 누나가 돼 있었다.

미유키는 이미 자신이 새 말을 할 수 있었던 것도

까맣게 잊어 버린 것 같았다.

내가 아무리 말을 걸어도

미유키가 새 말로 대답하는 일은 없었다.

그러니까 내가 잘못 생각한 게 틀림없다.

날개가 전해 준 것

그때 미유키는 나를 무시한 게 아니라

내 말이 들리지 않았던 것뿐이다.

그걸 깨달았을 때 나는 안심했다.

기뻤다.

미유키는 결코 나를 싫어하게 된 게 아니었다.

우리는 여전히 친구였다.

비록 말은 통하지 않아도 나는 미유키가 좋았다.

☆

그러나 이별은 갑자기 찾아왔다.

그날은 아침부터 어째 자꾸만 불안한 기분이 들었다.

뭔가 상한 것을 먹은 것처럼 몸이 좋지 않고

이따금 토할 것 같았다.

하지만 답답한 것은 배가 아니라 조금 더 위쪽이었다.

자유롭게 하늘을 나는 바깥 새들이

전에 없이 소란스러웠다.

괴상한 소리로 우짖었다.

내게 뭔가를 필사적으로 전하려고 하는 것 같은데

잘 알아들을 수 없었다.

갑자기 주위가 고요해졌다.

고요가 찾아들고 몇 초 뒤

방 전체가 크게 흔들리기 시작했다.

내 새장의 물그릇 수면에 물결이 일고

날개가 전해 준 것

밥그릇에 남아 있던 먹이가 사방으로 튀었다.

대체 무슨 일이 생긴 거지?

나는 영문을 알 수 없었다.

새장 밖에서는 이상하고 아까운 일이

벌어지고 있었다.

식기장 문이 열리면서 안에 있던 컵이 깨졌다.

책꽂이에서 두꺼운 책이 쏟아졌다.

쨍그랑! 쨍! 쿵! 쾅!

여기저기에서 물건이 떨어졌다.

나는 완전히 당황했다.

뭐가 어떻게 된 건지 전혀 알 수 없었다.

날개를 펴고 여기서 도망치려고 해도

금세 날개가 새장 창살에 부딪쳤다.

머리며 날개가 세게 부딪쳐 아팠다.

엄마!

나는 소리쳤다.

지금까지 내내 잊고 지냈는데

어째선지 나도 모르게 그 말이 나왔다.

엄마, 살려 줘!!!!!

내가 목청껏 악을 썼을 때

어디선가 사람 목소리가 들리면서 새장 문이 열렸다.

"얼른!"

날뛰던 내 몸을 뭔가가 살며시 싸안았다.

그리고 새장 밖으로 꺼내 주었다.

　　　　　　　　　날개가 전해 준 것

미유키였다.

"도망쳐!"

미유키는 말했다.

눈에 눈물이 맺혀 있었다.

하지만 그랬다간 더는 만날 수 없게 된다.

오랜 경험으로 나는 그걸 알고 있었다.

나는 죽을힘을 다해 미유키의 눈을 보며

내 마음을 전달했다.

하지만 역시 이런 중요한 때에도 말은 통하지 않았다.

"괜찮아, 무섭지 않아."

미유키는 혼잣말을 하는 것이었다.

"얼른 가!"

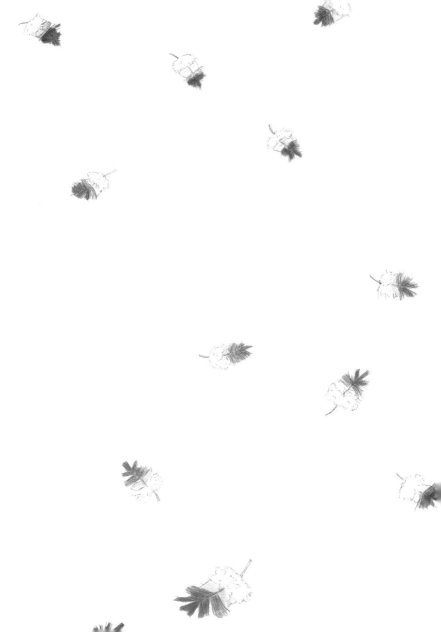

몸이 두둥실 공중으로 날아올랐다.

나는 반사적으로 날개를 펴고

있는 힘껏 파닥여 위아래로 움직였다.

몸이 부쩍부쩍 하늘로 빨려 올라갔다.

오랫동안 하늘을 날지 않았으니

나는 법을 잊지 않았을까 조마조마했지만,

보아하니 잊지 않은 것 같았다.

나는 내가 있는 곳을 미유키가 알 수 있도록

깃털을 하나씩 땅에 떨어뜨렸다.

하나, 또 하나.

해님 색깔의 깃털이 둥실둥실 공중에 춤추고 있다.

빙글빙글 돌며 지상으로 떨어진다.

어느 깃털은 언덕 쪽에,

또 어느 깃털은 교회 지붕 위에.

나는 아무것도 생각하지 않고 하늘을 날았다.

날다 보니 머리가 텅 비어 개운해졌다.

나는 한순간 바람이 됐다.

나는 한순간 빛이 됐다.

나는 한순간 어둠이 됐다.

바람과 빛과 어둠이 되어 공중을 쌩쌩 내달렸다.

아침이 되자 바람에 나부끼는 날개가

빛 조각처럼 반짝반짝 빛났다.

나는 그런 내 날개를 보는 게 아주 좋았다.

어느새 나는 내가 왜 지금 하늘을 날고 있는지

날개가 전해 준 것

알 수 없게 됐다.

아침과 밤이 거듭해서 찾아왔다.

나는 외톨이였다.

말 상대가 아무도 없이 날이면 날마다

그저 한결같이 하늘을 날았다.

☆

비 그친 하늘에 아름다운 무지개가 걸린 이른 오후였다.

나는 어쩐지 눈에 익은 동네 위를

날고 있다는 것을 깨달았다.

나는 분명히 이 동네를 안다.

하지만 기억나지 않았다.

분하게도 나는 금세 잊어 버린다.

물론 평생 잊으면 안 된다고 한 그 노래는

가슴속에 잘 간직하고 있다.

하지만 누가 그 말을 했는지도

이제 기억이 확실하지 않았다.

　　　　　　　　　날개가 전해 준 것

여러 사람을 만났다는 것은 막연히 알겠는데

그 사람들의 이름과 얼굴은 기억나지 않았다.

애초에 내가 왜 지금 이렇게

긴 여행을 계속하고 있는지도 잘 설명할 수 없었다.

날개를 펼치면 나는 모든 것을 잊어 버린다.

잠깐 쉬려고 곧장 내려가 나뭇가지에 앉았을 때였다.

"오랜만이구나."

어디서 목소리가 들렸다.

내가 잘못 들은 줄 알았다.

그래서 그냥 고개를 돌려 날개를 손질하기 시작했다.

계속 날았더니 몸이 피곤했다.

오랜 여행 탓에 날개가 많이 상했다.

색도 내가 잘못 본 게 아니라면 꽤 칙칙해졌다.

그러자 또 목소리가 들렸다.

"어른이 다 됐는데."

아까보다도 또렷한 목소리였다.

나는 최대한 고개를 틀어 주위를 둘러봤다.

만약 적이 다가오는 것이라면 당장 도망쳐야 한다.

하지만 적의 느낌이 아니었다.

마치 폭풍이 오기 전

바람이 윙윙 낮게 부는 것 같은 소리였다.

혹시 바람이 말한 걸까 생각했을 때

잡고 있던 나뭇가지가 희미하게 떨렸다.

나는 황급히 가지에서 물러났다.

"걱정 안 해도 돼.

간지러워서 잠깐 재채기를 한 것뿐이니까.

이 가지에 손님이 온 게 오랜만이거든."

놀랍게도 나무가 말하는 것이었다.

"왜 그렇게 놀란 표정이지?"

나무가 호쾌하게 웃었다.

"나무가 말하는 거 처음 들었어요."

나는 꿈을 꾸는 기분이었다.

나무가 말을 하다니…….

그러자 나무가 또 말했다.

"너 혹시 너희들만 말을 할 수 있다고 생각했냐?"

나는 순간적으로 대답하지 못했다.

날개가 전해 준 것

무슨 말을 해야 할지 알 수 없었다.

나무가 한 말이 맞았다.

"사람에겐 사람의, 새에겐 새의 말이 있다."

나무는 여전히 낮게 으르렁거리는 듯한

목소리로 말했다.

"네 귀에 들리지 않을 뿐이지 나무에겐 나무의,

돌에겐 돌의 말이 있는 거야.

물론 우리는 너희처럼 짹짹 쪼르륵

쓸데없는 말까지 하진 않는다만."

나무는 거들먹거리며 헛기침을 한 번 했다.

"저기요, 어르신."

나는 나무에게 확인하고 싶어졌다.

"그냥 할아버지라고 불러도 된다."

나무가 위엄 있게 말했다.

"그럼 할아버지, 할아버지는 내내 여기서 살았어요?"

같은 장소에 내내 있다니

우리 인생을 생각하면 믿기지 않는다.

나무는 말했다.

"그래. 내내 여기에 있지.

우리 나무는 뿌리가 있으니까 어지간한 일이 없는 한

태어난 장소에서 움직이지 못해."

아닌 게 아니라 내게 날개가 있듯이

나무에게는 뿌리가 있다.

"저, 아까부터 그런 느낌이 드는데요,

날개가 전해 준 것

제가 이 동네에 온 적이 있는 것 같거든요."

하지만 자신이 없었다.

비슷한 동네는 여기 말고도 많다.

이 동네만 특별한 이유를 나는 잘 설명할 수 없었다.

그러자 나무가 빙긋 웃는 것을 알 수 있었다.

"그러냐.

이제야 깨달았구나."

어쩐지 나무가 기뻐하는 것 같았다.

나는 하나 더 질문했다.

"그럼 역시 저를 아시는군요?"

"그야 그렇지.

여기는 네 고향이니까."

나무는 자신 있게 말했다.

"고향?"

"태어난 곳.

인생이 시작된 장소야.

아쉽게도 네 알이 있던 둥지는 치워졌지만 말이지.

하지만 친절한 인간이 널 구해 줬어."

나무는 내가 전혀 알지 못했던 이야기를 많이 해 주었다.

나를 보살펴 준 다정한 사람들의 이름도 알려 주었다.

내게 그 노래를 가르쳐 준 것은 그중 한 사람이었다.

할아버지 발치에 내 형제가 잠들어 있다는 것도.

"어떻게 그렇게 아는 게 많아요?"

이야기를 듣고 나서 나는 나무에게 물었다.

날개가 전해 준 것

나무는 여전히 낮은 목소리로 대답했다.

"나이테가 있거든."

"나이테?"

"그래.

우리 나무는 내내 같은 곳에서 살아.

언제나 보고 있어.

그걸 잊지 않고 기억해 두는 게 우리 역할이란다."

"굉장한데요.

난 금세 잊어 버리는데."

"하지만 그 대신 너희한테는 날개가 있지.

생명체는 모두 주어진 역할이 있어.

그걸 완수하는 게 인생인 거다."

"사명이란 이야기죠?"

나는 으쓱했다.

그 말은 분명히 알고 있었다.

"그래, 사명이야.

새의 사명은 누군가의 희망이 되는 거지.

난 늘 새가 부럽더구나."

나무는 눈을 가늘게 뜨고 잎사귀를 흔들어

맑은 바람을 보내 주었다.

"고맙습니다."

내가 인사하자 나무는 더 많이

기분 좋은 바람을 일으켜 주었다.

나는 또 그 노래를 불렀다.

날개가 전해 준 것

평생 잊으면 안 되는 그 노래를.

노래하는 사이에 조금이지만 기억났다.

알 안에서 들었던 작은 목소리.

힘내, 힘내, 하고 힘을 북돋워 준 다정한 응원.

그때 나는 필사적이었다.

작은 세계에서 빠져나오기 위해

죽을힘을 다해 싸우고 있었다.

처음으로 눈을 떴을 때

나를 꼼짝 않고 쳐다보던 네 개의 눈.

나는 마침내 소중한 사람들의 얼굴과

이름을 기억해 냈다.

그 무렵 나는 리본이라고 불렸다.

처음에 내가 받은 이름은 리본.

그래, 정말 그랬다.

나는 내 이름을 잘 말할 수 없었지만.

리본!

귀를 기울이자 어디 먼 곳에서

나를 부드럽게 부르는 목소리가 들렸다.

만나고 싶었다.

나를 다정하게 싸안아 준 사람들을 만나고 싶었다.

할아버지 곁에 있으면 언젠가 만날 수 있을지도 모른다.

나는 나를 부르는 목소리를 찾았다.

멀리서 들려오는 목소리에

가만히 귀를 기울이며 기다렸다.

날개가 전해 준 것

날개가 전해 준 것

1판 1쇄 인쇄 2023년 12월 15일
1판 1쇄 발행 2023년 12월 25일

지은이 오가와 이토
옮긴이 권영주

발행인 양원석 **편집장** 김건희 **책임편집** 이혜인
디자인 최승원, 김미선 **영업마케팅** 양정길, 윤송, 김지현, 정다은, 박윤하

펴낸 곳 ㈜알에이치코리아
주소 서울시 금천구 가산디지털2로 53, 20층 (가산동, 한라시그마밸리)
편집문의 02-6443-8868   **도서문의** 02-6443-8800
홈페이지 http://rhk.co.kr
등록 2004년 1월 15일 제2-3726호

ISBN 978-89-255-7561-2 (03830)